子ども　詩のポケット　12

ズレる?

西沢杏子

ズレる?

もくじ

Ⅰ　猫の星

Ⅱ　ズレる

Ⅲ　ゆれる街

I　猫の星

春にはなにもかもが

春になると

通りの信号が近づいてくる
曲がり角が近づいてくる
五分咲きの桜の木の黒い幹も

うらうらと
こちらへ向かって
歩いてでもくるように

遠ざかっていた友だちが
手をあげて
霞《かすみ》のなかから現れる

春にはなにもかもが
軽くなって
歩みよってきてくれる

友だちの家

カーブを曲がると
友だちの家が見えてくる

友だちが
いるときも
いないときも

カーブを曲がると
友だちの家が近づいてくる

友だちと
並んで座っていたいときも
そうではないときも

ペンキのはげかかった
屋根の三角が
カーブを曲がったわたしを迎える

友だちの家が
急に見えてくるこのカーブが
町で一番好きな場所

ぐんぐん近づくしあわせ

家の前の道路に
猫が坐《すわ》っている

猫がわたしをみつけた
わたしが猫をみつけた

わたしは猫に 〝ただいま〟と近づく
猫がわたしに 〝おかえり〟と近づく

猫がわたしにむかってくる
わたしが猫にむかっていく

ぴりぴりふるえている長いしっぽ
ぐんぐん近づくふたりのしあわせ

空にいっぽん線が引けたら

空にいっぽん線が引けたら

つぐみの渡りの最短距離を
ぐぐーんと
引いてやりたいな

冷たい風の吹く日にも
笛にあわせて歌ってくれた
りんごとひとりが好きな鳥

空に線が引けるなら

つぐみの渡りの幸運を
ぐぐーんと
引いてやりたいな

たたみいわし

獲《と》られ
漉《こ》され
炊《た》かれ
熨《の》され
干され
選ばれ
畳《たた》まれ
包まれ
貼られ
運ばれ
競《せ》られ
売られ

も一度
選ばれ
買われ
炙《あぶ》られ
折られ
食《しょく》され
………
終わられる

こんこんにち！

山道をひとりで
とぼとぼと歩いていたら

向こうから
ススキをかついだきつねが

やっぱりひとりで
とぼとぼと歩いてきたのです

こんにちは！
こんこんにち！

山ではすれ違う者同士
挨拶をかわすのが習い

挨拶をしてすれ違ったら
もうとぼとぼなんて歩きません

きゅうに元気になって
こんこんにち！こんこんにち！と

歩いていきます
なんだかふたりで歩いているみたいです

三日坊主

雨あられのように日記をつける
湯水のように今日の一部を殺す

一つ二つ三つ
抜きだした今日のハレの陰に
雲隠れする百のケ

雨後の竹の子のように文字を連ねる
豊年祭りのように言葉を祀《まつ》る

一日
二日
三日
これ以上祭りを続けるのはよくない

だから
わたしは日記をつけない

しらす

しらす
きみらの何千何万を
一網打尽《いちもうだじん》にして

しらす
広島菜とか紫蘇《しそ》とか胡麻《ごま》とかと
いっしょくたにして
熱いご飯に振りかけて

しらす
きみらの何千何万の黒目に
畏怖《いふ》を感じつつも

カルシュームー！
だ　なんていいながら
呑み込むわたしは
なんなのさ

五月

わたしの庭に
二輪草が一輪咲きました。
あなたがやさしい五月です。
やさしさが重たい五月です。
わたしの庭にも
二輪草が一輪咲きました。

山

でかけてみるのである。
のぼってみるのである。
あせってみるのである。
あしでみるのである。
あせでみるのである。
しょってみるのである。
あおいでみるのである。
ふりかえってみるのである。
おもいだしてみるのである。

8888

南米のウラモジタテハには
翅《はね》の裏に数字を描いてるのがいる

80
88
89

数字の違いは名前の違い
色の濃淡《のうたん》は鳥を脅《おど》かす一途《いちず》さの差

80　アカオ・ウズマキタテハ
88　クリメナ・ウラモジタテハ
89　セロピナ・ウズマキタテハ

電源を抜かれた電子レンジが
文字盤の奥に内蔵した
8888
を　浮き出させるのに似ている

なぜ電子レンジまで
8を基盤《きばん》にするのだ?
と　ある日考えた

8は0になりやすいから?
2にも
3にも
5にも
6にも
7にも
8自身にも
9にもなりやすいから?

問題は真っ直ぐ過ぎる1と4
だけど、8には絶対的な役目があるので
右に寄ったり斜めになったりして
1と4を演じ分ける

いまでは
電子レンジの文字盤の奥には
南米のウラモジタテハが飛び交《か》い
その飛翔《ひしょう》にオーバーラップして

ほんとは８８８８が似合うのに
なんだかいつもむりやりに
１１４４としゃちこばる
じぶんの姿が見えてくる

雪が解けたあとに

気持ちよく雪かきをし
積みあげておく雪溜まり

いつしかそれも解け
解けたあとから
さまざまな形のチリがあらわれる

〝雪は目に見えない
小さなチリを核《かく》にして
さまざまな結晶をつくるんだよ〟
理科の先生の声が耳元で囁《ささや》く

ウソ！
ウソでしょ、先生

わたしの足元に残された核は
目に見えるほど大きい

目玉を片方くり貫《ぬ》かれ
鎌《かま》を振り上げているカマキリ
錆《さび》ついた釘のようなミミズ
羽も脚も生きているときのまま
仰向いたツマグロヨコバイ

雪かきをするときは
こんなものなかった

目に見えないチリが集まると
過ぎた季節の死の形になる……

……そう知っていて
先生はそこらあたりを抜かして
教えずにはいられなかった
のではありませんか？

神さまの色

人は苦みの谷間から
黄色い胆汁《たんじゅう》を滴《したた》らす

花は光りのうつろいから
黄色い花芯《かしん》を露《あら》わにする

虫は自分で気がつく前に
黄色い体液をしぼりだす

南の島のトラジャでは
黄色は神さまの色です

猫の星

行きだおれののら猫を
弔《とむら》って埋めたその場所に
ゆきのしたの花が咲く

ゆきのしたの白い花

行きだおれののら猫の
胸の白さを引き重ね
ゆきのしたの花が咲く

ゆきのしたの白い花
真昼に光る猫の星

Ⅱ　ズレる

ズレる

町はズレ
葉ズレ
衣《きぬ》ズレ
群はグレ
仲間はズレ
友はグレ
道はズレ
やさグレて
夕グレ
まグレ
蟬しグレ

思い出

思い出はときどき
かたくなな心がいやになり
かたくなな心を抜け出して
独り歩きをはじめる

見ず知らずの人なのに
どこかで会ったように感じるのは
抜け出した思い出同士が
ひと足お先に出会っているから

動かなくなったもの

わたしがほんとうに好きなのは
あなたではないのかもしれない

と
思う夜がある

あなたは生きて動いているけれど

わたしが好きなのは
あなたのなかで
すでに動かなくなったものではないか

と
思う夜がある

夕暮れ

夕暮れがやってきて・
青虫が黒いうんちを一粒落とす・

わたしはあなたを裏切ったかも・
あなたがわたしを裏切ったかも・

青虫が葉っぱを食べながら・
黒いうんちを一粒落とす・
体重は増えたか減ったか・

増えたか減ったかわからない単位で・
わたしはあなたを裏切ったかもしれず・
あなたがわたしを裏切ったかもしれない・

そんなことがあることを・
夕暮れは青虫の・
うんちあたりからやってきて・

森のように静かに・
土のように深々と・
わたしのなかにしみ込んでくる・・

見えないものは見えないから　か

家がつぶれる
兄弟を亡くす
大けがをする

目に見える苦悩には
多くのいい手が集まる
慰めが集まる
物資が集まる

どぶのように生きている
逆恨《さかうら》みをしてしまう
雨戸のなかで目覚めている

見えない苦悩には
多くのいい手が集まらない
慰めも
物資も

見えないものは暗いから　か
見えないものは見えないから　か

枕の凹《へこ》み

一晩の頭の重さを深いカーブにして
凹《へこ》んでいる　朝の枕
頭が生みだす夢の不幸せに耐えた証《あかし》

パステルカラーを装《よそ》いながら
幸せでなかった夢のあらすじを
枕といっしょに思い出そうとするのだけど
簡単には巻き戻せない
多重構造をもった夢のようでもあった

いいよね　思い出せなくて

枕を抱え上げ
たんたんと均《なら》すと
かすかなラベンダーの香りの承諾

そうだった

枕はこうやってどんな朝も
……共有したはずのしあわせな夢を
　わたしだけのものにした朝でも……
ふくらみと優しさを取り戻すのを
厭《いと》いはしないのだった

男同士の抱擁《ほうよう》

男同士が
抱擁している

白い顔と黒い顔が
わらいながら頬をすりよせている

ふたりが共有している世界の注目の時間
戦争などどこにもない風な物腰
健康的な汗の匂いまで

海を渡り
空を駆け

テレビで観ているわたしを
いっときの平和に誘う
互いの背中に感じる手のひらの熱さが
世界の期待を裏切りませんように！

生の目

一度でいいから
あなたを見るわたしの目を
鏡に頼らない生の目で見たくて

たとえば
右目を左目で
左目を右目で
両方を両方で
なんでもいいから直に見たくて

顔をいじくってるうちに
人指し指がくりっと滑って

窪みにはまって
右の目を取り出してしまった

しかたがないので
いつも彼を見てくれてありがとう
おせわさまになっております
と　ていねいに挨拶をして

鬼太郎のパパみたいに
湯舟なんかに浮かべて
感謝の気持ちをゆず湯にして

もしよろしければ
こんどは左目さんもぜひ！
とか　調子に乗って洗ってあげたよ

小骨を砕く

こりりじゃりりと
小骨を噛《か》んでいると
ふと口にしたデマカセを
噛んでいるようで

噛んでいるデマカセが
骨まで染みていくようで

あ、こりり　サケの軟骨
あ、じゃりり　ウナギの骨

嚙みたくない　けど嚙まなければ

嚙まないで放っておくと
骨の髄《ずい》までデマカセが染みていき
腐《くさ》ったヒトになるようで

ここまでくれば
熱心な砕きで健康な骨にするしかないと

こりり　じゃりりりと
小骨を砕く

優《ゆう》柔《じゅう》不《ふ》断《だん》

綿あめをちぎり
舌で溶かす

ざらり
わたしってこんなもんかも

どんよりちぎる

縁日の綿あめ
べたつく甘さ

ざらり
あなただってこんなもんかも
噛みしめ溶かす
幼い甘さ
ざらり
決断だってこんなもんかも

こうこう！と鳴きながら

友だちが撫子《なでしこ》を三本届けてくれた
そのゆうがたに
後ろ姿を見送って玄関にもどろうとした
そのときに

西の空からこうこう！と
鳴き声が降ってきた

北へ渡る白鳥の大きな羽ばたき
たった一羽で

こうこう！と鳴きながら

北へ北へ北へ
家々を越えビルを越えて遠ざかる

間違ってないよ！
北はそっちだよ！

だからそんなに鳴かないで
仲間の群のしんがりに
暮れる前には追いついてね

撫子を振って応援している

アーモンド・アイ

太陽のように眩し過ぎず
満月ほどに気どりもせず

海のように波立たず
泉ほどに澄みもせず

猛獣のように怖すぎず
黒猫ほどの危険を含み

ときどきぼくを反射して
まだ見ぬ神秘を覗かせる

Ⅲ　ゆれる街

橋

日本で一番高い横風に吹かれる野辺山《のべやま》の鉄橋。
渡ったようでまだ渡ってない熊本の天草五橋《あまくさごきょう》。
原子爆弾を落下させる目標のためにTの字形
に設計されたわけではなかった広島の相生橋《あいおい》。
不安にねじくれた東京のレインボーブリッジ。

橋は塔のように揺れて眠る。
橋は光のように折れ曲がる。
橋は的のように人目を引く。
橋は街のように夢遊病患者。

人は谷をまたぎたがる。
人は陸をつなぎたがる。
人は川をよごしたがる。
人は海をうずめたがる。

会いたい人に会うために、
石を鉄をワイヤーを空を、
地形を歴史を昼夜を人を、
だましだまして橋を造る。

救急車

救急車がサイレンを鳴らしている
サイレンで接近を知らせる

きみたちよりも死に近い人を
きみたちよりも確実に
生に近づけるために運んでいるのだ
どいてどいて！
サイレンが主張する

道端によって
救急車をやり過ごす人のなかに
もっと死に近く
もっとひたすらに
生に近づきたい人が
紛れているかもしれないのに

街のキリン

冷たい朝
建てかけのビルのてっぺんで
街を見おろす街のキリン

ココハドコ　ココハドコ
と　首をもたげて
街を見おろす街のキリン

冷たい夜
むき出しのビルのてっぺんで
街を見おろす街のキリン

ココニイル　ココニイル
と　必死にまたたく赤い目で
街を見おろす街のキリン

首の四角いこわばりと
幾何学模様《きかがくもよう》の体が
サバンナの遠さを思わせる

プラットホーム

何万個の目的が
朝に昼に夕べに
深夜に

何万個の目的が
列を作ったり作らなかったり
割り込みをする目的までいて

いらいらしたり
ときには
線路に飛び込んだりして

何万個の目的は
いつもひしめき合っては
何十万個にも膨《ふく》れ上がり

あまりの重さに
プラットホームは
不平も忘れて固まっている

解体工事

隣の家が壊されていく
ぐわんぐわん唸《うな》る重機《じゅうき》
親方の怒号
砕け散る家の歴史
散水で抑えきれない
もうもうたる過去
日陰だった我が家の庭に
ネット越しの陽が射してくる

泰山木《たいさんぼく》の葉がくすぐったそう
林檎《りんご》の根元がくすぐったそう
神樹《しんじゅ》の木の象の足のような幹も

そのくすぐったさが
ほんのいっときのもので
前よりもっと日陰になるかも……と
言えないでいるわたし

つぶれてしまったスーパーのチラシが

メモ用紙の間から現れた
広告紙の赤インクの文字

栃木コシヒカリ５kg２１３０円
魚沼コシヒカリ５kg３２８０円
夜は７時半まで配達は無料です

ふいに現れたスーパーのチラシは
いまでは閉まったままの
ドアの前まで行きたくさせる

顔の長かった店長さんに会って
チラシの文字が赤かったからつぶれたのかも
とか
お米の配達を8時までしてたらよかったかも
とか

ちょっと普段はいえないようなことを
いいたくさせる

逆流または遡《そ》上《じょう》

バイク置き場の白い⇩
一方通行の太い⇩

待ち合わせの時間に遅れそうで
⇩の反対方向へ攻め上る

だってそっちに駅があるから
駅の改札口で待ち合わせなんだから

⇩に逆流するのはきつい
はあはあいって走るうちに
⇩川の流れに逆らって遡上《そじょう》する
鯉《こい》になっていく

はぐはぐあえぎ
ぱくぱくあえぐ

バイク置き場の白い⇩は律儀《りちぎ》
一方通行の太い⇩は
最後まで一方通行を変更しない

待ち合わせの時間が
泡のように過ぎてゆく

陽炎《かげろう》のペンション

魂がたんこぶをこしらえると
なんだか居場所がなくなってくる

体だけがここにいて
歯を磨いたりメールを出したり
紅茶を飲んだりしてはいても
居場所がなんだかなくなっている

そんなときは
たんこぶでふくらんだ魂を
上昇気流に乗せて高原へ飛ばそう

一気に車山《くるまやま》の頂上へ
うねうねと坂をくだり七島八島《ななしまやしま》へ
シシウドの白い花
青草がむんむんと匂い立つ草原

そこにある
ゆらゆらゆれる陽炎のペンション！

たんこぶをこしらえた魂のための
たんこぶでふくらんだ魂にしか開かない
自動ドアのペンション

方角を見失いそうだった

方角を見失いそうだった
破顔一笑《はがんいっしょう》してたから
わたしのいない所では
あんな顔して笑うんだ

迷路のような悩みをきいた翌日で
あなたの再起を願いながら
眠った夜だったたのに

あなたはやはり
わたしではなく

破顔一笑！
その笑い声が
光のようにまぶしくて
じぶんの帰る方角を見失いそうだった

線路の敷石

重い貨車の揺れを
尖《とが》った敷石が吸い込む

特急が人を轢《ひ》けば
敷石は肉片を帽子のように被《かぶ》る

酷暑《こくしょ》にレールが伸び
敷石は思慮深《しりょぶか》くすこしズレる

人は人と折り合うのに
丸くならなければと思い込むものだけれど

線路の敷石は
レールを無事でいさせるために尖っている

尖った敷石同士が丸い敷石同士より
過重や不意の出来事によく堪《た》えると
初めて気がついた人は誰だろう

尖った敷石を見るたびに
会ったこともないその人に
深々とお辞儀をしている

西沢杏子詩集『ズレる?･』によせて

きど　のりこ

いわゆる「少年詩」と呼ばれる詩を読んでいて、時たまではあるが苛立ちを感じることがある。子どもの感性になりかわって大人がうたうことが胡散臭いというのではない。純真素朴な〈童心〉の表現を見るたびに、子どもの実存はもっとシュールでへんてこなものだと思うからだ。また作者そのものが日々生きている修羅の巷を捨象し、ハレの日の祭りの賑わいだけを連ねる詩にも抵抗がある。

西沢杏子さんの詩に私が惹かれるのは、いかにも「少年詩」にふさわしい直截な生命の歌とともに、作者自身のケ（褻）の部分の表明と、作者の個性でもあるシニカルさとがコミになって、独自な詩の世界をつくりだしているからに他ならない。……と考えていたら、「三日坊主」という詩があるではないか。

一つ二つ三つ
抜き出した今日のハレの陰に
雲隠れする百のケ

「豊年祭りのように言葉を祀る」ことを詩人は嫌い、ケの部分を隠し、殺すことに抵抗を感じる。なにしろ二つ三つのハレの陰に、百のケがあるのだから。人生とはそのようなものであることは、年若い読者も、大人ほどではなくても充分認識している。その隠れた百のケの上に立つならば、「少年詩」も、また「児童文学」と呼ばれるジャンルも、大きな意味があり、また事物を見る清新な視線を持ち得るのではないか、と思う。

そして西沢さんの詩には、その最も造詣の深い対象としての昆虫たちをはじめ、多くの生き物たちが出てくる。表現されるのは「共生感」などというありきたりのものではない。「ぐんぐん近づくしあわせ」や「こんこんにち！」に易しい形でうたわれているものは、二つの生命のまったく対等な激しい出会いであり、ここでは作者と猫、またキツネは等身大の姿としてイメージされる。そしてこの出会いは、それぞれ相手を「孕みあう」といった肉体感覚が近いかもしれない。生存形態を異にするものたちの出会い。しかし両者はすれ違ってもう「とぼとぼ」とは歩かない。ベクトルは違っても〈同行二人〉となって「こんこんにち！」と元気に歩いていく。

また、これもまったくケに属するところの日常的な生命の苦悩をうたう時、それはもう作者自身のものと区別がつかない。たとえば「神さまの色」では、「苦みの谷間から／黄色い胆汁を滴らす」のは、詩人自らの苦悩であり、一方「虫は自分で気がつく前に／黄色い体液をしぼりだす」。通底する苦しみのために、神は「黄色」という同じ色を与えたのだと納得される。また「逆恨み」をしながら「どぶのように」生きていて、雨戸のなかで目覚めているのは、作者でもあり、トタテグモのようなものかもしれない（「見えないものは見えないから　か」より）。「見えない苦悩」には、何の援助物資も集まらない。見えないものは暗いから……。ここでも詩人は生命のなかのケの部分を見ている。

夕暮れに青虫が黒いうんちを一粒落とす、という「夕暮れ」では、ごく微小な単位での「裏切り」というものがうたわれているが、これも青虫と自分の間なのか、あるいは人間同士の些細な行為であるのかわからない。とにかく、

夕暮れは青虫の・
うんちあたりからやってきて・・

森のように静かに・
土のように深々と・
わたしのなかにしみ込んでくる・・

夕暮れはやがてすべてを包む闇となり、そのなかでケの微小な単位も、作者のなかにしみ込んでいく。こうした感覚は若い読者にも共有できるものに違いない。

この詩稿を国分寺駅ビルの上階にあるコーヒー店でいただいた折、印象的なできごとがあった。お話している最中に西沢さんの目は、駅ビルの窓の張り出しにとまっていた一羽のハクセキレイを捉えた。「あんなところにハクセキレイが！」

話を中断して西沢さんは叫ばれた。私はもちろん、談笑していた人びとが誰一人気づかなかった一羽のハクセキレイに、瞬時に気づかれたのが何とも西沢さんらしかった。ツグミのために「空にいっぽん線を引いてやりたい」と願う詩人らしかったのだ。

そして「過重や不意の出来事によく堪える」、また「思慮深くすこしズレる」こともある「尖った敷石」のような人間に私もなりたい。また何かをうたう時があれば、願わくばこの詩人のように、その対象と深く同一化したいものだ。そうした西沢さんの姿勢に少し近づくことができたかと思う拙句を一つ、この詩集に献じることにする。

てのひらに動悸はげしき青蛙

二〇〇五年六月

（児童文学作家・評論家）

西沢杏子（にしざわ　きょうこ）

佐賀県生まれ。詩集に『虫の落とし文』『虫の曼陀羅』（いずれも朝日新聞出版センター）『虫の葉隠』『有象無象』『陸沈』（いずれも花神社）。

児童書に『さかさまの自転車』（理論社）『トカゲのはしご』（国土社）『“まちんば”ってしってる？』（草炎社）など。

日本児童文学者協会会員、日本文藝家協会会員。

住所　185-0022　東京都国分寺市東元町2-11-30

山口まさよし（やまぐち）

長崎県生まれ。阿佐ヶ谷美術専門学校卒業。

1989年より童画芸術協会展、他グループ展多数参加。

1998年、2003年、檜画廊（神保町）にて個展。現在は物語挿絵や生き物、自然をテーマにイラストを制作。

著作として「はっけんずかん どうぶつ」（学研）、児童書に「さかさまの自転車」（国土社）、「おおやさんは ねこ」（大日本図書）などがある。

日本児童出版美術家連盟会員。

子ども　詩のポケット　12
西沢杏子詩集
発行日　二〇〇五年八月十日　初版第一刷発行
著　者　西沢杏子
装挿画　山口まさよし
発行者　佐相美佐枝
発行所　株式会社てらいんく
〒二一五-〇〇〇七　川崎市麻生区向原三-一四-七
TEL　〇四四-九五三-一八二八
FAX　〇四四-九五九-一八〇三
振替　〇〇二五〇-〇-八五四七二
印刷所　モリモト印刷
2005 Printed in Japan
 ISBN4-925108-38-7 C8392